Peter Pan

RETROUVEZ DANS LA BIBLIOTHÈQUE ROSE

Le livre de la jungle

Blanche-Neige et les Sept Nains

Le Roi Lion

Cendrillon

La Petite Sirène

Peter Pan

Walt Disney

Peter Pan

HACHETTE

Ont collaboré à cet ouvrage :
Marie Tenaille pour le texte,
l'Atelier Philippe Harchy pour les illustrations.

Hachette Livre, 43, quai de Grenelle, 75015 Paris.

Chapitre 1

La nuit tombait sur la ville de Londres, les réverbères à gaz venaient de s'allumer. Ils répandaient leur douce lumière sur le beau quartier où résidait la famille Darling.

M. et Mme Darling se préparaient à sortir. Ils dînaient ce soir chez des amis. Leurs trois enfants allaient rester sous la garde de leur chère Nana, la bonne chienne saint-bernard à longs poils ébouriffés, qui s'occupait d'eux depuis leur petite enfance.

À l'heure où commence cette histoire, l'élégante et charmante Mme Darling, assise devant sa coiffeuse, finissait de se brosser les cheveux. Elle entendit son mari secouer les tiroirs de sa commode en bougonnant :

« Où sont-ils ? Qui m'a pris mes boutons de manchettes ? Nous ne partirons pas avant que je les aie retrouvés. Je suis sûr de les avoir rangés là... »

Au même instant, Jean, l'aîné des garçons, armé d'un redoutable sabre de bois, poursuivait le petit Michel à travers la maison, en poussant des cris de pirate. L'un était en chemise, l'autre en pyjama.

« Silence, les enfants ! tonna M. Darling. Cessez vos bagarres, aidez-moi plutôt à chercher mes boutons de...

— Mais Papa ! s'écria Jean, je suis le capitaine Crochet, je poursuis Peter Pan qui m'a coupé la main et l'a jetée au crocodile... Wendy nous a raconté...

— Quoi ? encore ! hurla M. Darling, mécontent. Wendy ! ajouta-t-il en s'adressant sévèrement à sa fille. Cesse de leur tourner la tête avec tes histoires de Peter Pan. Il est temps que tu grandisses et que tu quittes la chambre d'enfants ! À partir de demain tu dormiras seule.

— Mais Papa, Peter Pan existe ! Je t'assure, lui expliqua Wendy. Il vit au Pays Imaginaire. Tu le connaissais quand tu étais petit. Maintenant tu as oublié...

— Balivernes ! Je ne veux plus en entendre parler, grogna M. Darling. Depuis longtemps, je ne crois qu'à ce que je vois, et je ne vois pas mes boutons de manchettes ! Ne les auriez-vous pas trouvés par hasard, les enfants ?

— Oh ! Papa, ils sont si beaux ! Nous les avons mis dans le trésor de Peter Pan. Nous allons te les rendre

tout de suite ! » lui dit Michel, qui courut vite les chercher.

M. Darling, furieux, se dirigea vers la porte. Dans sa colère, il buta contre Nana qui entrait avec, dans un plateau posé en équilibre sur son bonnet, trois verres de lait mousseux...

« Et toi, Nana, tu gâtes beaucoup trop ces enfants ! gronda-t-il. À leur âge, ils n'ont plus besoin d'une nounou. Contente-toi de garder la maison ! » ajouta-t-il en l'entraînant dans le jardin où il l'attacha au bout d'une corde.

Michel pleurait à chaudes larmes. Sa maman le consola en lui promettant que Nana serait parfaitement heureuse dehors, par cette belle nuit étoilée.

Avec une grande douceur elle

embrassa Wendy, Michel et Jean. Elle les borda dans leur lit et leur souhaita « bonne nuit », puis se dirigea vers la fenêtre pour la fermer.

« Oh non ! Ne la ferme pas ! s'écria Wendy. Peut-être qu'il va revenir...

— Qui ? Qui va revenir ? s'étonna Mme Darling.

— Peter Pan ! J'ai trouvé quelque chose qui lui appartient !

— Quoi donc ?

— Son ombre ! Je l'ai ramassée par terre l'autre jour.

— Peter Pan ? son ombre ? répéta Mme Darling. Mais qu'est-ce que tu racontes, Wendy ? Papa a raison. Il t'a dit... »

Mais Wendy ne l'écoutait pas. Elle s'était endormie, les garçons aussi.

Nana, qui montait la garde, vit les parents quitter la maison et se diriger vers la porte du jardin.

« Ils me mettent les nerfs en pelote avec ces sornettes de Peter Pan et du capitaine Brochet..., maugréa M. Darling.

— Crochet ! corrigea Mme Darling en souriant. Ce sont des histoires de leur âge. N'y pense plus. »

Leurs voix se perdirent dans la nuit. Nana s'allongea dans l'herbe en soupirant. C'est alors qu'il lui sembla entendre tinter une clochette. Levant la tête, elle vit deux silhouettes qui se profilaient sur le toit : un jeune garçon curieusement vêtu, suivi d'une toute petite fée qui battait des ailes dans un nuage de poudre dorée.

C'était lui, Peter Pan, en justaucorps et bonnet pointu ! Il arrivait tout droit du Pays Imaginaire, celui des sirènes, des Indiens, des pirates... il sautait de cheminée en cheminée. À son côté voletait la minuscule fée Clochette.

« Leurs parents sont partis... la voie est libre ! » chuchota le garçon.

Il passa le nez par la fenêtre pour vérifier que les enfants dormaient tranquillement, puis il se glissa sans bruit dans leur chambre, suivi de la petite fée.

« Clochette, aide-moi ! Il faut absolument retrouver mon ombre, murmura Peter. Elle m'a échappé l'autre nuit ! »

Il fouilla dans le coffre à jouets, regarda derrière les meubles, sous les lits, dans l'armoire... rien !

Et il appelait tout bas :

« Mon ombre ! Ma belle ombre ! Où te caches-tu ? Montre-toi ! »

Soudain, Clochette vit bouger un tiroir, regarda par le trou de la serrure...

« Diling ! diling ! fit-elle pour prévenir Peter qu'elle l'avait trouvée.

— Bravo ! » dit Peter en ouvrant

le tiroir avec précaution. Fftt ! L'ombre, qui jouait à lui échapper, se sauva aussitôt.

« Reste tranquille ! » lui cria le garçon.

Il se lança à sa poursuite à travers la chambre et finit par la plaquer au sol.

« Cette fois, je te tiens ! » s'écria-t-il, triomphant.

Mais il avait réveillé Wendy. Elle s'exclama :

« Oh ! Peter Pan, c'est toi... tu es là ! J'avais rangé ton ombre ! J'espère qu'elle n'est pas chiffonnée. Je savais que tu reviendrais la chercher avec Clochette ! »

Elle sauta de son lit et s'approcha du garçon, encore aux prises avec son ombre qu'il essayait de fixer à ses pieds.

« Elle me pose des problèmes : dès que je ne la surveille pas, elle s'enfuit !

— Attends, je vais te la recoudre ; elle ne pourra plus partir ! » dit Wendy en allant chercher sa trousse de couture.

Peter lui tendit un pied, puis l'autre. Et tout en recousant l'ombre, Wendy lui demanda :

« Mais, dis-moi, Peter, que faisais-tu à la fenêtre de notre chambre, le soir où tu as oublié ton ombre ?

— Eh bien, j'écoutais tes histoires ! répondit le garçon, pour les raconter ensuite aux Garçons Perdus. Ils font partie de ma bande, ensemble nous tenons tête au capitaine Crochet. »

Il se leva et fit quelques pas, juste pour vérifier que son ombre suivait tous ses mouvements, comme il se doit. Parfait !

« Peter ! Je suis heureuse que tu sois revenu ce soir, lui confia Wendy. C'est ma dernière nuit dans la chambre d'enfants. Demain je serai grande, c'est Papa qui l'a dit...

— Quoi ? Il n'y aura plus d'histoires à écouter ? Alors, viens, Wendy, je t'emmène au Pays Imaginaire ! dit Peter, indigné, en la prenant par la main. En route !

— Attends un peu..., dit Wendy, légèrement décontenancée. Et Jean ? et Michel ?

— Oui, et nous ! et nous ! crièrent les garçons, tout juste réveillés, surgissant de leur lit. On peut venir avec vous ?

— Pourquoi pas ? répondit Peter Pan, pris au dépourvu.

— Oh ! je te trouve merveilleux ! s'écria Wendy, heureuse. Il faut que je t'embrasse ! »

Mais à peine avait-elle effleuré la joue de Peter Pan, que Clochette, très occupée à s'admirer devant le miroir, vint lui tirer les cheveux d'un coup d'aile.

« Aïe ! cria Wendy, qui ne s'y attendait pas.

— Apprends, ma chère Wendy, que Clochette est une petite fée très jalouse ! » déclara Peter en riant.

Clochette, vexée, lâcha prise.

« Bon, vous êtes prêts tous les trois ? reprit Peter Pan, nous partons pour le Pays Imaginaire. En avant !

— Mais... comment y va-t-on ? s'inquiéta Wendy.

— On vole... il n'y a pas d'autres moyens, bien sûr !

— Mais nous ne savons pas voler ! avoua Wendy, déçue.

— Diling ! diling ! fit Clochette, ravie de découvrir que Wendy était nulle à ce point.

— Ce n'est pas difficile... dit Peter d'une voix hésitante. Vous n'avez qu'à... vous n'avez qu'à... rêver d'aventures ! Regardez-moi, c'est facile ! »

Bras écartés, Peter flottait dans l'air, tout souriant. Il tourna autour du lustre et vint se poser au pied d'un lit.

« À vous maintenant ! Pensez à des choses merveilleuses, écartez les bras et... hop ! élancez-vous ! » dit Peter.

Les trois enfants, souriant de

ravissement, suivirent les conseils de Peter et s'envolèrent aussitôt vers le plafond !

« Nous volons ! nous volons ! » criaient-ils, ravis.

Mais soudain tous trois dégringolèrent sur le lit de Wendy.

« Je ne comprends pas ! » dit Peter, très ennuyé, cherchant dans sa tête ce qui pouvait manquer à ses amis.

C'est le « diling ! diling ! » moqueur de Clochette qui le mit sur la voie. Brusquement, son visage s'éclaira.

« Oh pardon ! J'avais oublié le principal ! avoua-t-il, gêné. Viens ici, Clochette, j'ai besoin de toi pour la poussière d'atmosphère ! »

Il saisit par le bout de sa robe la petite fée qui voulait lui échapper et la secoua au-dessus des enfants. Des nuages de poussière dorée retombèrent sur Wendy et ses frères.

« Essayez maintenant ! Vous allez voler aussi bien que nous ! » promit Peter, déjà perché sur le bord de la fenêtre.

Les enfants, rayonnants de bonheur, s'élevèrent dans les airs. Ils flottaient, ils volaient, ils planaient... battant doucement des bras.

« En route pour le Pays Imaginaire ! » s'écria Peter Pan.

L'un après l'autre, ils s'élancèrent par la fenêtre, suivis d'une traînée de poudre dorée.

« Nous volons ! Nous volons ! C'est facile, facile ! chantaient les enfants à tue-tête.

— Ouah ! ouah ! aboya Nana, stupéfaite de les voir s'envoler.

— Oh, Nana ! nous allions t'oublier ! s'exclama le petit Michel. Attends, je sais ce qu'il faut faire pour que tu puisses voler avec nous ! »

Il attrapa Clochette au passage et la secoua comme une salière au-dessus de la bonne chienne. La poussière d'atmosphère tomba sur elle comme une pluie d'étoiles. Dès que

Michel vit Nana s'élever, il lui cria :

« Envole-toi ! Viens vite nous rejoindre, Nana ! »

Croyant que la poussière dorée avait fait son effet, le petit garçon s'empressa d'aller rattraper les autres, persuadé que Nana suivrait.

Pauvre Nana ! Son corps se soulevait mais elle était retenue par sa corde. Impossible de quitter le gazon ! Elle fit des signes d'adieu désespérés à ses petits chéris qui disparaissaient tous trois dans la nuit.

Déjà, ils survolaient Londres. La grande ville était plongée dans le sommeil. Quelques lumières scintillaient. Ils reconnurent Big Ben, la cathédrale Saint-Paul...

Ils suivirent un moment la Tamise, volant comme des oiseaux.

Chapitre 2

L'air était léger, léger... La terre s'éloignait, s'éloignait...

« Où se trouve le Pays Imaginaire ? demanda Wendy à Peter.

— Tu vois cette étoile là-bas, plus brillante que les autres et qui semble nous faire signe ?

— Oui, je la vois.

— Nous la dépasserons, puis nous

prendrons la deuxième étoile à gauche et... tout droit jusqu'au jour ! cria Peter.

— Tout droit jusqu'au jour ! » répétèrent Jean et Michel.

Quand le jour se leva, ils survolaient l'île du Pays Imaginaire.

« Regardez ! s'écria Jean en ajustant ses lunettes, je reconnais le village des Indiens, la lagune aux

Sirènes ! C'est comme Wendy nous racontait ! On peut descendre, Peter ? »

Celui-ci leur fit un signe. Ils se posèrent un instant sur un nuage pour admirer ce merveilleux pays dans la lumière du soleil levant.

« Moi, je vois la crique du Crocodile... et le bateau du capitaine Crochet ! hurla le petit Michel. Et je n'ai pas peur du tout ! »

Le navire du pire ennemi de Peter Pan était à l'ancre dans la crique. Ses voiles étaient serrées, le pavillon noir à tête de mort flottait au-dessus du nid-de-pie. Mais si Peter et ses amis avaient pu entendre ce que hurlait au même moment le capitaine Crochet, ils auraient été terrifiés.

« Maudit Peter Pan ! tonnait le Capitaine. Quand je saurai où tu te caches, je te ferai passer ton dernier quart d'heure ! Par ta faute, j'ai perdu ma main gauche... et tu l'as jetée à ce crocodile qui l'a avalée. Depuis, ce satané animal ne rêve plus que de me dévorer tout entier !

— Heureusement qu'il a englouti un réveille-matin par la même occasion ! lui rappela Mouche, le gros cuisinier. Son tic-tac vous prévient toujours de son arrivée dans les parages, Capitaine !

— Oui... mais il me suit partout ! frissonna le Capitaine. Et aussi vrai que je suis le plus terrible pirate de la terre et de la mer, je me vengerai ! hurla-t-il, penché sur la carte de l'île. Si je pouvais seulement découvrir ta cachette, damné Peter Pan, je te

prendrais au piège dans ta tanière ! »

Malgré sa violence et sa grossièreté, le Capitaine se prenait pour un parfait gentilhomme : il était vêtu d'un somptueux habit de satin rouge à boutons dorés et portait des manchettes et un col de dentelle, mais le crochet qui remplaçait sa main absente vous glaçait le sang !

Quant aux hommes de son

équipage, ils avaient tous un aspect farouche : poignard à la ceinture, bandeau noir sur l'œil, pilon de bois en guise de jambe...

« Vengeance ! Je vais enfin pouvoir "crocheter" ce Peter Pan ! hurla le Capitaine Crochet en levant son bras gauche au-dessus de sa tête.

— Mais nous ne savons pas où il se cache ! » dit Mouche.

Du haut du nid-de-pie, l'un des pirates scrutait le ciel. Soudain, il rugit :

« Peter Pan en vue !

— Où ? où ? hurla le Capitaine. Je ne vois rien !

— Trois quarts à bâbord... Il y a des enfants avec lui. Ils se sont posés sur un nuage ! »

Crochet pointa sa longue-vue dans la direction indiquée.

« C'est bien lui, avec des gosses ! Par ma grand-voile, morts ou vifs, nous les aurons. Tous sur le pont, à la manœuvre ! »

Mouche, qui était le cuisinier, mais aussi le second du Capitaine, emboucha son sifflet et en tira des sons suraigus. Aussitôt, tous les membres d'équipage surgirent des écoutilles et coururent aux postes de combat en se bousculant.

« Canonniers, à vos pièces... en position... pointez... FEU ! » hurla le Capitaine.

Inconscients du danger, Peter Pan et les enfants se reposaient tranquillement sur leur nuage, quand un premier boulet s'envola vers le ciel.

« Ils nous ont vus ! Ils nous tirent dessus ! Attention... Plongez vite de côté ! » s'écria Peter Pan.

Terrifiés, ils virent passer le projectile à l'endroit où ils se trouvaient un instant plus tôt.

Le canon tonna de nouveau.

« Baissez-vous ! » s'exclama Peter juste à temps.

Le boulet passa en sifflant pile au-dessus de leurs têtes.

« Clochette ! appela Peter, emmène immédiatement les enfants à l'abri ! Moi, je reste ici pour détourner le tir de Crochet.

— Dong, dong, dong ! fit Clochette, mécontente de rendre service à Wendy.

— Allons, file ! c'est un ordre ! reprit Peter sévèrement. Nous ne pouvons pas leur faire courir de pareils risques. »

La petite fée jalouse s'envola à toute vitesse, suivie des trois enfants. Elle faisait exprès de voler très vite, beaucoup trop vite, car elle préférait se débarrasser de Wendy et ses frères plutôt que de les conduire vers la demeure secrète de Peter.

Le canon tonna de nouveau ; Peter sautait et dansait sur le nuage pour éviter les boulets des pirates. Un projectile lui passa entre les jambes.

« Manqué ! railla le garçon. Quels mauvais tireurs vous êtes, messieurs les pirates ! »

Crochet bouillait de rage.

Wendy et les enfants volaient de leur mieux, mais la petite fée les avait distancés...

« Clochette ! Clochette ! attends-nous ! » criait Wendy.

La coquine ne l'écoutait pas. Voyant que Wendy, Jean et Michel étaient désormais hors du champ de tir de Crochet, elle plongea dans le bois et se dirigea vers l'Arbre du Pendu, le repaire secret de Peter, où vivaient les Garçons Perdus, ses six protégés.

Clochette pénétra dans la caverne

qui se trouvait sous les racines de l'arbre et fit « diling ! diling ! » pour alerter les enfants.

« Écoutez, vous autres ! cria l'un d'eux. Clochette vient nous transmettre un ordre urgent de Peter Pan !

— Diling ! diling ! tinta de nouveau la petite fée jalouse.

— Elle nous apprend qu'un oiseau terrible, nommé Wendy, se

dirige sur nous ! traduisit l'un des gars. Peter nous commande de l'abattre !

— Alerte ! s'écrièrent aussitôt les garçons, trop contents de se battre pour leur ami Peter.

— À l'attaque ! »

Ils prirent leurs bâtons, leurs gourdins et leurs lance-pierres et surgirent de la caverne en hurlant.

Wendy, qui volait toujours, vit briller Clochette tout en bas. Elle pensa que la fée lui indiquait l'entrée de la demeure de Peter et amorça sa descente.

« Le Wendy... il vient ! cria l'un des gars. Abattons-le ! »

Des pierres et des flèches fusèrent tout autour de Wendy. Effrayée, elle perdit l'équilibre et commença à tomber.

« Au secours, Peter ! cria-t-elle désespérément.

— Weenndyyy ! » hurlèrent Jean et Michel qui, d'en haut, assistaient au drame sans pouvoir intervenir.

« Nous avons abattu l'oiseau Wendy ! se félicitaient déjà les Garçons Perdus. Peter sera content de nous. »

La pauvre victime allait s'écraser au sol, quand Peter, surgissant sou-

dain d'un nuage, l'attrapa au vol et atterrit doucement sur la mousse.

« Oh ! Peter ! tu m'as sauvé la vie ! » balbutia Wendy, encore toute frissonnante de peur.

Quant à Clochette, s'apercevant que son plan avait échoué et dépitée de voir sa rivale dans les bras de Peter, elle préféra se cacher sous une feuille d'arbre avant que Peter n'interroge les Garçons Perdus.

Celui-ci ne cacha pas sa fureur. Les sourcils froncés, il fonça vers les garçons.

« Qu'est-ce qui vous prend ? Je vous envoie une gentille amie pour vous raconter des histoires, et vous la recevez à coups de pierres ? leur reprocha-t-il sévèrement.

— Mais c'est Clochette qui nous a demandé de l'attaquer ! répondirent-ils, éberlués. Elle nous a dit : “Peter vous commande d’abattre ce Wendy, car c’est un oiseau terrible !”

— Clochette vous a menti. Elle aura affaire à moi ! » gronda Peter Pan.

Tous regardaient Wendy. Elle leur sourit, et Michel et Jean, qui venaient d’atterrir, allèrent l’embrasser.

« Clochette, viens ici ! » commanda Peter d’un ton sans réplique.

Le cœur serré, la petite fée s’approcha pour se poser sur sa main.

« Clochette, ce que tu as fait est impardonnable. Je ne veux plus te voir !

— La pauvre, dit Wendy, ne la chasse pas à cause de moi, je t’en prie ! Pardonne !

— Bon, dit Peter, touché par la gentillesse de Wendy. Qu'elle disparaisse de l'île pendant une semaine. Allez, Clochette, va-t'en ! »

La petite fée s'envola en pleurant. Elle n'était pas vraiment méchante, mais la jalousie l'avait aveuglée.

Pendant ce temps, sur le bateau pirate, le capitaine Crochet scrutait en vain le ciel. Peter Pan avait disparu... manqué une fois de plus !

« Espèces d'abrutis ! criait-il à ses hommes, marins d'eau douce ! Vous avez encore laissé filer mon ennemi, vous me le paierez, bande de... »

Il n'avait pas terminé ses imprécations, quand il entendit un clapotis dans l'eau, suivi du fameux tic-tac

qui annonçait l'arrivée du crocodile.

Crochet pâlit de terreur.

« C'est lui ! Au secours, Mouche ! défends-moi ! pleurnicha le vaillant pirate en tremblant de tous ses membres.

— Calmez-vous, Capitaine, je m'en occupe ! répondit Mouche qui surgit de la cabine armé d'un balai et en assena un bon coup sur la tête de l'animal. Allez, file ! Pas de Capitaine au menu aujourd'hui ! »

Chapitre 3

Clochette disparue, la colère de Peter s'apaisa. Il présenta Wendy et ses frères aux Garçons Perdus, ses protégés qui n'avaient ni père ni mère ni maison et vivaient là, sous l'Arbre du Pendu, dans l'étrange demeure de Peter Pan.

« Et maintenant, leur déclara ce dernier, je vais vous faire les honneurs de l'île !

— Oh oui ! Commençons par rendre visite aux sirènes, proposa Wendy, enchantée d'explorer le Pays Imaginaire.

— Nous y allons ! » répondit Peter en souriant.

Jean et Michel firent la grimace ; ils avaient d'autres projets en tête.

« Et si nous partions plutôt à la découverte des Indiens ? proposèrent-ils.

— Nous vous y emmenons ! décidèrent les Garçons Perdus. En avant ! »

Jean et Michel s'élancèrent avec eux dans la forêt, en riant et en chantant à tue-tête :

« Marchons avec entrain
Allons combattre les Indiens ! »

Pendant ce temps, Peter Pan et Wendy s'envolaient vers la lagune aux Sirènes.

« Ce sont de vraies sirènes ? demanda Wendy. Elles ont une queue de poisson et de longs cheveux ?

— Regarde ! répondit Peter, en se posant sur un rocher.

— Comme elles sont belles ! » s'écria Wendy, enchantée.

Au même moment, la bande des garçons marchait gaiement à travers la forêt.

Soudain, Jean remarqua des traces sur le sol.

« On dirait des empreintes d'Indiens ! déclara-t-il.

— Impossible, affirmèrent les Garçons Perdus. Nous sommes encore trop éloignés de leur camp.

— Je persiste à croire que des Indiens viennent de passer ! » reprit Jean, sans convaincre personne.

Ils continuèrent à progresser dans la forêt, quand Michel aperçut les pieds d'un Indien sous un sapin. Lorsqu'il ouvrit la bouche pour prévenir ses compagnons, deux bras

jaillirent des branchages, l'agrippèrent et il disparut sans avoir eu le temps de dire « ouf ».

Comme les autres poursuivaient leur marche en direction du camp indien, tous les sapins se mirent à bouger et à s'approcher des vaillants explorateurs. Des bras surgirent des branches et s'emparèrent de Jean et des Garçons Perdus.

Les malheureux chasseurs étaient pris ! Ils se retrouvèrent tous prisonniers, ficelés au grand totem du village.

« Est-ce qu'ils vont nous scalper ? demanda Michel.

— Mais non, c'est un jeu ! affirma l'un des Garçons Perdus.

— Silence, Visages Pâles ! cria un guerrier. Vous parlerez quand grand chef interrogera vous !

— Hugh ! rugit le grand chef en s'avançant vers eux.

— Hugh ! » répondirent en chœur les prisonniers.

Coiffé de plumes multicolores, enveloppé d'une couverture bigarrée, celui-ci avait une expression sombre et menaçante. Les chasseurs attendirent qu'il se décide à parler.

Même les Garçons Perdus commençaient à trembler...

« Où est ma fille, Lili la Tigresse ? demanda-t-il d'une voix rauque.

— Nous ne l'avons pas vue ! répondit le plus courageux des protégés de Peter.

— Visages Pâles mentir ! gronda le grand chef. Vous avoir enlevé ma fille, petite Lili très jolie ! Si elle pas rentrée avant coucher soleil, vous tous mourir !

— Il doit y avoir erreur..., hasarda l'un des garçons.

— Pas erreur ! Lili la Tigresse enlevée », coupa le chef.

Les guerriers poussèrent des cris aigus, battirent du tambour et commencèrent à tourner autour du poteau. Les prisonniers n'en menaient pas large.

« Tu crois qu'ils plaisantent ? demanda Jean à l'un des Garçons Perdus.

— Je crains que non... mais je ne comprends pas ! Ces Indiens ont enterré la hache de guerre depuis longtemps !

— Mais si Lili la Tigresse a vraiment été enlevée, ils vont se venger sur nous ! » murmura l'un des compagnons.

Pendant ce temps, Peter Pan et Wendy contemplaient la lagune aux Sirènes, le lieu le plus enchanteur du Pays Imaginaire. Le spectacle était magnifique. Les yeux brillants, Wendy admirait les sirènes aux longs cheveux, dont les écailles irisées prenaient, au gré de leurs mouvements, les couleurs de l'arc-en-ciel.

« Oh ! Peter, je ne peux pas y croire..., murmura-t-elle.

— Chut ! tais-toi, l'interrompit Peter, soudain inquiet. J'entends un bruit d'avirons... »

Il sauta sur un rocher pour mieux scruter la mer : un clapotis régulier parvenait à ses oreilles.

« Un canot à rames s'avance à travers la baie, dit Peter. C'est Crochet !

— Crochet ? s'écrièrent les

sirènes, épouvantées. Adieu, Peter ! Adieu, Wendy ! »

Les belles sirènes, effrayées par l'approche du redoutable pirate, se laissèrent glisser dans l'eau. Le charme était rompu.

« Il est avec Mouche, reprit Peter, qui observait le canot. Malheur ! ils ont capturé Lili la Tigresse, la fille du grand chef indien ! Ils l'ont attachée à l'arrière...

— Pourquoi l'ont-ils enlevée ? demanda Wendy.

— Je l'ignore. Mais je sais que, s'il lui arrive quelque chose, les Indiens déterreront la hache de guerre ! répondit Peter. Viens vite, Wendy ! suivons-les. Ils se dirigent vers le Rocher du Crâne. Il n'y a pas un instant à perdre. »

Saisissant Wendy par la main, Peter l'entraîna rapidement dans son vol.

Le Rocher du Crâne, qui avait l'aspect d'une gigantesque tête de mort, était un endroit sinistre où les habitants du Pays Imaginaire ne venaient jamais.

« Qu'allons-nous faire, Peter ? demanda Wendy.

— Essayer de découvrir les intentions de Crochet ! »

Ils ne tardèrent pas à se poser sur le lugubre rocher.

« Surtout, pas un bruit, dit Peter. Il ne faut pas qu'ils sachent que nous les épions. »

Wendy n'était pas rassurée. Elle suivit pourtant son ami jusqu'au bord d'une sorte de terrasse d'où ils pouvaient observer ce qui se passait en bas.

C'est ainsi qu'ils virent Crochet tirer Lili hors du canot, et l'asseoir sur un petit rocher entouré d'eau.

« Ah ! Ah ! j'ai mon plan ! confia l'affreux Capitaine à son second. Je vais enfin pouvoir me venger de Peter. Tu vas voir comment je vais obtenir ce que je veux de cette petite Lili ! »

Peter et Wendy se penchèrent pour entendre ce que disait l'ignoble pirate à la jolie petite Indienne.

« Écoute-moi, Princesse, susurra-t-il, quand tu m'auras dit où se trouve la cachette de Peter Pan, je te rendrai la liberté. Mais attention ! Dépêche-toi... La marée monte, la mer va t'engloutir !

— Moi, rien à dire ! » répondit la fière petite Indienne.

« Je vais lui donner une leçon, à ce cloporte ! dit Peter à Wendy avant de s'envoler. Toi, reste ici, et regarde...

— Je t'en prie, fais attention ! Crochet me fait si peur... »

Mais Peter Pan était déjà posté devant le Capitaine, son poignard bien en main, prêt au combat.

« Crochet, tu vas regretter ta méchanceté ! cria-t-il.

— Enfin, tu es à ma merci ! » hurla le Capitaine en brandissant sa rapière, trois fois plus longue que le poignard de Peter.

Un frisson d'effroi parcourut Wendy.

Crochet attaqua ; Peter esquiva. Le Capitaine lança son bras gauche

dans l'espoir d'attraper son adversaire avec son crochet ; Peter se baissa juste à temps.

Le Capitaine tenta d'autres coups. Rien à faire : léger comme un lutin, Peter esquivait tout. Fou de rage, Crochet fonça sans remarquer que les pieds de son adversaire ne reposaient plus sur rien. Peter recula encore, laissant Crochet s'avancer... Le Capitaine, sûr de l'embrocher, bascula dans le vide et resta suspendu à la falaise par son crochet !

« Tu me le paieras, damné Peter Pan ! hurla-t-il. Quand je t'attraperai, je te découperai en petits morceaux... Je te...

— Tu n'entends rien, Crochet ? » l'interrompit Peter, moqueur.

Le Capitaine cessa d'injurier son ennemi pour écouter :

« Tic-tac, tic-tac, tic-tac, tic-tac ! »

Horrifié, le pirate comprit que le crocodile l'attendait, mâchoires grandes ouvertes, prêt à l'avaler d'une seule bouchée.

« À moi ! Au secours ! Mouche, viens vite ! haletait le Capitaine.

— Attends, je vais t'aider à des-

cendre... », cria Peter en poussant du pied le crochet du pirate, tandis que Mouche souquait ferme.

Le crochet de fer se détacha de la paroi et le crocodile reçut le Capitaine, la gueule si largement ouverte que le pirate posa un pied sur chacune de ses mâchoires. Pesant de tout son poids, il réussit à empêcher la gigantesque gueule de se refermer sur lui !

Enfin Mouche arriva et Crochet put sauter dans le canot.

« Tic-tac, tic-tac ! fit le monstre.

— Vite, au navire ! » gémit le Capitaine.

Peter, absorbé par son combat, en avait oublié la petite Lili, toujours ligotée sur son rocher. La marée ne cessait de monter. La mer allait l'engloutir !

À ce moment, Wendy, qui avait tout vu, surgit derrière lui.

« Vite ! Peter, Lili se noie ! »

Le garçon fonça vers la Princesse, se jeta à l'eau, coupa ses liens, la prit dans ses bras et s'envola vers le rivage.

« Merci, Peter, dit-elle, tu m'as sauvé la vie ! Mais j'aurais préféré mourir plutôt que te trahir !

— Je te ramène à ton père ! » lui dit Peter, qui fit signe à Wendy de les suivre jusqu'au village des Indiens.

Chapitre 4

Le soleil allait disparaître... Au village, les Indiens aiguisaient déjà leurs lames en poussant des cris stridents.

Jean, Michel et les Garçons Perdus, toujours attachés au grand totem, avaient perdu tout espoir et se préparaient à mourir en braves. C'est alors qu'ils virent, dans le ciel qui s'obscurcissait, de curieux oiseaux !

À mesure qu'ils se rapprochaient, les enfants reconnurent avec bonheur Peter Pan portant Lili la Tigresse, et Wendy qui les suivait de près.

Ils fonçaient vers le village des Indiens, inquiets des terribles cris de guerre qui montaient jusqu'à eux...

« Regardez, voilà Peter Pan ! cria Michel.

— Il ramène Lili saine et sauve ! annonça Jean.

— Peter ! Peter ! hurlèrent les Garçons Perdus. Sauve-nous ! »

Quelle joie au camp lorsque Peter se posa près de ses amis avec la Princesse dans ses bras !

Dans le brouhaha qui s'ensuivit, les guerriers détachèrent les prisonniers. Le grand chef, ému du retour de sa fille chérie, la serra dans ses bras et l'embrassa tendrement.

« Toi sauvé ma fille, dit-il à Peter, en lui remettant une coiffure de plumes aussi magnifique que la sienne. Moi te donner titre honorifique, nous t'appeler Petite Oie Volante ! »

Très digne, Peter fuma avec lui le

calumet de l'amitié. Coiffé de sa parure de plumes, il dansa avec Lili, puis avec Wendy.

Ce fut le début d'une fête inoubliable.

Cachée dans les taillis, Clochette, que Peter avait chassée pour la punir de sa jalousie, épiait ses amis. Quand elle vit son héros adoré danser avec Wendy, elle fondit en larmes.

La rumeur de sa dispute avec Peter était parvenue aux vilaines oreilles de Mouche. Pour distraire son Capitaine, qui se morfondait dans sa cabine, essayant en vain d'échafauder un nouveau plan pour capturer Peter Pan, Mouche s'empressa d'aller lui raconter les malheurs de la pauvre Clochette :

« Elle est horriblement jalouse de cette Wendy que Peter ne quitte plus. Il lui a déjà appris à voler ! Alors la petite fée a voulu se débarrasser de cette fille, mais son plan a échoué. Pour la punir, Peter voulait la bannir de l'île pour toujours, paraît-il !

— Fantastique, Mouche ! Cette jalouse va pouvoir nous rendre service, s'écria le Capitaine.

— Mais comment ?

— En nous indiquant où se situe le refuge de Peter Pan, pardi !

— Encore faut-il la trouver ! remarqua Mouche, elle est si petite.

— Justement, je t'en charge ! conclut Crochet en envoyant une bonne bourrade à son second. Va sur l'île, et cherche-la. Ne t'avise pas de revenir sans elle, surtout ! »

« Capitaine, ouvrez-moi ! J'ai accompli ma mission ! » cria Mouche un peu plus tard en frappant au hublot de Crochet.

Il tendit à son chef la malheureuse Clochette, si triste qu'elle en avait perdu ses pouvoirs.

« Pauvre petite, susurra Crochet, feignant d'être aimable. Pour te consoler je t'invite à bord. Il paraît que ton Peter t'oublie à cause de cette Wendy ! Si seulement je savais où elle habite, je lui ferais un sort. Demain, peut-être pourrions-nous l'emmener en mer pour t'en débarrasser, et tu pourrais retrouver ton Peter ! Le tout, c'est de découvrir où ils se cachent tous les deux !

— Diling ! diling ! fit Clochette, pleine d'espoir, en montrant sur la

carte l'Arbre du Pendu, le repaire de Peter. Diling ! diling ! »

Crochet avait appris ce qu'il voulait savoir. La petite fée jalouse et naïve était tombée dans le piège ! Aussitôt, l'attitude du pirate changea.

« Ah ! ah ! On va voir ce qu'on va voir..., ricana-t-il en prenant la pauvre Clochette par les ailes et en l'enfermant dans une lanterne aux parois de verre. Cette fois, l'heure de ma vengeance a sonné !

— Diling ! diling ! fit Clochette, comprenant trop tard qu'elle s'était laissé sottement tromper.

— Sois sage, il ne t'arrivera rien ! se moqua Crochet. Quant à nous, nous allons pouvoir nous occuper de Peter Pan ! »

La fête était finie. Wendy, Jean,

Michel et les Garçons Perdus venaient de rentrer sous l'Arbre du Pendu, dans la demeure de leur ami Peter, avec ce dernier.

Mais au lieu de s'endormir sagement, les enfants, très excités, chahutaient tant qu'ils pouvaient, bien que Peter jouât de la flûte pour les calmer.

« Assez, les garçons ! cria Wendy. Il faut dormir maintenant ! Vous ne savez donc pas l'heure qu'il est ! »

De grands cris de guerre, empruntés aux Indiens, lui répondirent.

Alors Wendy prit le petit Michel sur ses genoux.

« Bientôt nous rentrerons à la maison retrouver Maman », lui dit-elle.

Et elle se mit à chanter d'une voix douce :

« Maman, c'est l'ange
qui nous dit bonsoir,
L'ange des rêves,
l'ange de l'espoir,
Qui tout devine
et tout comprend !

— Je me souviens ! dit Michel. Si nous allions tout de suite l'embrasser ?

— Moi aussi ! ajouta Jean. Je veux revoir ma maman !

— On peut venir aussi ? demandèrent les Garçons Perdus.

— Celui qui quitte le Pays Imaginaire ne peut plus y retourner ! » dit Peter, lâchant un instant sa flûte.

Wendy aurait voulu lui faire comprendre qu'il leur fallait retourner près de leurs parents. Mais Peter faisait semblant de ne pas croire à leur départ. Il s'était remis à jouer.

Tous s'étaient engagés dans l'escalier qui menait dehors.

« Au revoir, Peter Pan ! » dit Wendy d'une toute petite voix.

Et elle sortit la dernière dans la nuit, tandis que Peter continuait à jouer son air mélancolique sans tenter de la retenir.

En haut, elle s'étonna de se retrouver seule sur la lande. Où étaient donc passés, Jean, Michel et les Garçons Perdus ?

Soudain, dans la pénombre, un énorme pirate la saisit. En un clin d'œil, il la bâillonna et la ligota. Elle n'avait pas même eu le temps d'appeler Peter à son secours.

« Nous les tenons tous, Capitaine ! » cria l'énorme pirate.

Un peu plus loin, les garçons étaient en effet ficelés comme elle ;

Wendy les distingua dans l'obscurité.

« Parfait ! répondit Crochet. Surveille les prisonniers. Nous vous rejoindrons quand nous nous serons occupés de Peter Pan !

— Bien, mon Capitaine ! »

Mais quel mauvais coup préparait l'horrible Crochet ?

Wendy le vit faire quelques pas,

tirer d'un buisson un paquet bien emballé, puis le faire descendre avec précaution sous l'Arbre du Pendu au moyen d'une longue corde.

« Jamais de sa vie le bougre n'a reçu un si beau cadeau ! » ricana le Capitaine.

Puis il brailla d'un ton triomphant :

« Pressons ! Tout le monde à bord ! Chargez les prisonniers sur le navire. Et que ça saute ! »

Chapitre 5

Peter, resté seul, ne se doutait pas un instant de ce qui était arrivé à ses amis. Ayant posé sa flûte, il fit le tour de sa demeure, tristement déserte, et découvrit avec étonnement qu'un paquet avait été déposé dans son refuge. Intrigué, il lut ce qui était écrit sur l'étiquette :

Pour Peter,
avec toute l'affection de Wendy.
À ne pas ouvrir avant minuit.

« Comme c'est gentil ! se dit-il. Wendy m'a laissé un souvenir... J'attendrai minuit comme elle me le demande. »

Pendant ce temps, sur le navire des corsaires, les matelots, à moitié ivres, faisaient la fête. Les enfants, tous ficelés au grand mât, regardaient les hommes de Crochet danser en chantant à tue-tête :

« *Oui, c'est beau d'être pirate*
À bord de la frégate
Du fameux Capitaine pirate ! »

Les prisonniers se demandaient

avec angoisse quel sort leur réservait l'affreux Crochet.

« Allons, les enfants ! leur cria le Capitaine, le visage fendu d'un large sourire hypocrite et en les saluant d'un grand coup de chapeau. J'ai besoin de mousses ! Qui veut devenir pirate sous les ordres du célèbre capitaine Crochet ? Engagez-vous !

Ceux qui signeront ce papier feront partie de mon équipage ; les autres passeront par la planche... vous savez ce que ça veut dire ! »

Oui, les enfants connaissaient cette terrible pratique des pirates qui consistait à faire avancer les prisonniers au-dessus de l'eau sur une planche étroite, les mains attachées derrière le dos... Les malheureux tombaient à la mer et, incapables de nager, se noyaient !

« Choisissez ! reprit Crochet d'une voix menaçante.

— Nous signons ! crièrent en chœur les Garçons Perdus, terrorisés.

— Vous êtes fous ! protesta Wendy. Vous n'allez pas travailler pour ce brigand ?

— Mais..., murmurèrent Jean et Michel. La planche...

— Non ! Ne signez pas. Peter va venir nous sauver ! leur promit Wendy.

— Peter ! Laissez-moi rire ! beugla le Capitaine. Dans cinq minutes exactement : BOUM ! Plus de Peter Pan, grâce à mon super-cadeau explosif ! »

Une terrible angoisse serra le cœur de Wendy : Peter allait ouvrir

ce paquet et mourir. Elle comprenait maintenant, mais ne pouvait rien faire pour lui sauver la vie !

Clochette, enfermée dans la lanterne du bateau, avait tout entendu, elle aussi. Sa stupide jalousie lui avait fait trahir son cher Peter Pan. Vite ! Il lui fallait agir !

Bing ! la vitre de la lanterne se brisa en mille morceaux, et la petite fée vola à toute vitesse vers l'Arbre du Pendu, tandis que Crochet commençait son compte à rebours à haute voix.

« Ah ! j'ai hâte de savoir ce que Wendy m'a offert, se disait Peter. Plus que quelques secondes à attendre maintenant... »

Fftt ! Comme une fusée, Clochette fit irruption chez Peter, sans se soucier du danger qu'elle courait, ne pensant qu'à sauver son ami.

« Diling ! diling ! tinta la fée, hors d'haleine.

— Qu'est-ce qui te prend ? cria Peter, c'est le cadeau de Wendy... je veux l'ouvrir !

— Diling ! diling ! » fit la petite fée, en tentant de toutes ses forces d'entraîner Peter dehors.

BOUM ! L'explosion ébranla toute l'île. Les murs de la grotte s'effondrèrent dans un grondement assourdissant. Une fumée noire s'échappa des décombres.

Crochet éclata d'un rire énorme, puis il hurla, tandis que tous les pirates applaudissaient :

« Peter est mort... Je suis le maître

de l'île ! Répondez-moi, les enfants, que choisissez-vous : la plume pour signer, ou la planche pour mourir ? »

Les garçons, terrifiés, restaient muets d'horreur.

« La planche et la mort ! » s'exclama Wendy, désespérée.

Les bras liés dans le dos, la tête haute, elle s'avança sur l'étroite bande de bois qui oscillait au-dessus de l'eau.

« Oui, plutôt la planche ! » crièrent les garçons en chœur.

Peter avait été projeté à plusieurs mètres. Étourdi par le choc, il resta immobile quelques secondes, puis tenta de se dégager des décombres et de retrouver ses esprits. Enfin, il se souvint de ce qui venait de se passer et s'inquiéta de la petite fée, qui avait risqué sa vie pour lui.

« Clochette ! Où es-tu ? » s'exclama-t-il.

Effrayé de ne pas entendre de réponse, Peter se redressa rapidement et jeta un regard autour de lui, mais Clochette était introuvable.

Le sol était jonché de débris de rochers et de branches. Il l'appela à nouveau tout en écartant les pierres qui se trouvaient à l'endroit où il l'avait vue avant l'explosion.

Rien ! Enfin il aperçut une petite lueur tremblotante et entendit un faible « diling ! diling ! ». Il s'approcha, le cœur battant. Clochette était là, coincée sous les décombres, mais ne semblait pas blessée. Il eut vite fait de la dégager. Elle tinta alors un message urgent :

« Diling ! diling !

— Qu'est-ce que tu dis ? Wendy et les enfants sont en danger ? J'y vole ! Et je te promets que je règle son compte à ce Crochet de malheur... Ensuite, je reviens te chercher !

— Diling ! diling ! diling ! protesta la fée.

— Tu veux m'accompagner ?

— Diling, diling ! »

Tous deux s'envolèrent rapidement en direction du navire.

Chapitre 6

Wendy atteignait l'extrémité de la planche. Elle ferma les yeux et fit un pas de plus... un pas dans le vide !

Peter arrivait à toute allure. Il saisit Wendy dans ses bras, à l'instant où elle allait plonger dans les flots.

Elle était sauvée !

Hors de vue de l'équipage, Peter

alla se cacher avec elle dans le nid-de-pie en attendant la suite.

« Capitaine, ça n'a pas fait "plouf" ! remarqua le gros Mouche qui n'avait pas eu le courage d'assister à ce supplice.

— Bof ! quelle importance, grommela Crochet.

— Et pas le moindre remous dans l'eau ! s'étonnèrent les pirates en se penchant par-dessus la rambarde. Et pas trace de la fille... Il se passe quelque chose de pas normal !

— Jamais vu ça ! reprit Mouche. Le bateau est ensorcelé !

— Idiot ! rugit Crochet. Tu veux que cela fasse "plouf" ? Eh bien, écoute ! »

Il saisit Mouche avec son crochet et l'envoya par-dessus bord. On entendit un formidable « PLOUF » !

« À qui le tour ensuite ? hurla le Capitaine en menaçant l'équipage de son crochet.

— À toi ! » résonna la voix de Peter Pan, venue du ciel.

Stupéfait, le Capitaine leva la tête et découvrit Peter et Wendy perchés dans le nid-de-pie. Au-dessus d'eux voletait la fée Clochette.

Crochet restait bouche bée devant cette apparition insolite.

« C'est Peter Pan, s'écria joyeusement Michel.

— Et Wendy ! ajouta Jean.

— Non ! impossible ! Ils sont morts ! Ce sont leurs fantômes, articula Crochet, effaré.

— Regardez, Clochette est avec eux ! crièrent les Garçons Perdus, ravis de les retrouver tous les trois.

— Le fantôme de Peter Pan, répétait Crochet, abasourdi.

— Oui, et ce sont leurs esprits qui nous parlent, murmura Mouche en se hissant, tout dégoulinant, sur le navire. Qu'est-ce qu'on en fait, Capitaine ?

— Fantômes ou pas fantômes, répondit Crochet en se reprenant, je vais leur régler leur compte ! »

Il se redressa et dégaina son épée.

Voyant cela, Peter lui cria du haut du nid-de-pie :

« Fais tes prières, Crochet ! J'arrive... »

Il se laissa tomber directement sur le Capitaine qui poussa un cri de douleur et bascula à la renverse.

Puis Peter se dirigea vers ses amis

et coupa rapidement leurs liens avant qu'un seul des pirates n'ait eu le temps de l'en empêcher.

Les enfants avaient retrouvé leur liberté, mais un danger les menaçait : les pirates n'allaient pas tarder à les attaquer.

D'un bond, Jean sauta sur la rambarde, prenant la direction des opérations. Il cria à ses camarades :

« Ohé, les gars ! Grimpons en haut du grand mât. Notre position sera imprenable ! Ramassez d'abord tout ce que vous trouverez sur le pont : gourdins, lance-pierres, frondes... Il va falloir se défendre contre cette bande de brigands ! »

Armés jusqu'aux dents, ils escaladaient déjà les cordages en poussant de terribles cris de guerre.

« Espèces de mollusques, capturez-moi ces sales gosses ! hurla Crochet en se relevant. Je veux les voir tous dans un instant pieds et poings liés sur le... »

Il n'eut pas le temps d'achever sa phrase. Peter fonçait sur lui.

Un terrible combat s'engagea. Crochet essayait en vain d'atteindre Peter de la pointe de son épée. Mais

celui-ci virevoltait, évitant les coups. Il parait à toutes les ruses de Crochet qui finit par hurler, fou furieux :

« Espèce de lâche ! Tu t'envoles comme un moineau dès que j'approche. C'est la seule tactique de combat que tu connaisses... Tu n'es qu'un froussard !

— Un lâche ? un froussard ? moi ! rugit le garçon en se posant sur la grande vergue, son poignard bien en main. Approche un peu, et je vais te montrer si je suis un lâche. Je ne m'envolerai plus. Je te le promets.

— Attention, Peter ! » cria Wendy, tremblant pour son ami.

Peter avait renoncé à son principal atout ; cela pouvait lui coûter la vie. Il le savait, mais il avait donné sa parole, il la tiendrait !

Crochet s'avança vers lui et pointa son épée pour le transpercer. Erreur ! le maladroit trancha la corde du drapeau dans lequel il s'empêtra...

Peter vit son ennemi à sa merci ; il pouvait le frapper à mort s'il voulait. Mais pas question pour lui de se contenter d'une victoire aussi facile ! Il laissa Crochet se remettre sur pied et se prépara à répondre à son prochain assaut.

Au même instant, les pirates, leur coutelas entre les dents, étaient sur le point d'atteindre le nid-de-pie où les garçons s'étaient réfugiés.

« FEU ! » hurla Jean, leur capitaine.

Une pluie de projectiles de toutes sortes s'abattit sur les pirates qui dégringolèrent en braillant le long des cordages et s'écrasèrent sur le pont sous les hurlements de victoire des enfants.

Cette fois, la panique semblait s'être emparée de tout l'équipage.

Mais le combat engagé entre Crochet et Peter avait repris. Il semblait que la force brutale de Crochet ne pouvait rien contre l'intelligence et l'agilité de Peter qui avait l'air de danser sur la vergue.

« Arrête un peu de bouger ! explosa le pirate. Si tu continues, je ne pourrai jamais t'atteindre.

— J'ai juré de ne pas m'envoler... mais j'ai le droit de bouger ! » rétorqua Peter.

À cet instant, le Capitaine lui fit un croche-pied ; Peter perdit l'équilibre et, pour se retenir, lâcha son poignard. Il se retrouvait désarmé.

« Envole-toi ! crièrent ses amis, désespérés.

— Non, j'ai donné ma parole ! » répondit Peter, s'attendant à être embroché par l'épée du Capitaine.

Crochet allait frapper, quand Clochette surgit ! Elle fonça à une vitesse vertigineuse, directement dans les jambes du pirate qui piqua

une tête dans la mer en hurlant de terreur.

« Merci, Clochette. C'est la seconde fois que tu me sauves la vie ! » soupira Peter en serrant la petite fée dans ses bras.

Personne n'avait entendu le tic-tac du crocodile. Pourtant le monstre était au rendez-vous. Son énorme tête émergea juste à côté du pirate ! Celui-ci bondit de terreur et se retrouva cramponné à la gueule du crocodile. Il lui maintint les mâchoires serrées, mais ses forces l'abandonnaient...

« Au secours, Mouche ! » hurla-t-il, épouvanté.

Mais Mouche et les pirates venaient de sauter pêle-mêle dans leur canot. Ils abandonnaient bateau et Capitaine...

« Attendez-moi, je vous en supplie ! » leur cria Crochet.

Il replongea et nagea vers le canot, poursuivi par le crocodile.

Chapitre 7

« Peter ! Nous voici les maîtres du navire ! s'écrièrent les Garçons Perdus. Et toi, tu es notre capitaine ! »

Michel et Jean couraient sur le pont, brandissant le chapeau à plume de Crochet dont Peter se coiffa.

« Vive Peter Pan ! crièrent-ils tous

en chœur. Il nous a débarrassés du capitaine Crochet et de son équipage de pirates ! »

Wendy, tout émue, s'approcha de Peter.

« Peter, dit-elle, tu m'as sauvé la vie, je ne t'ai pas encore remercié. Tu es notre héros !

— La véritable héroïne de cette aventure, c'est notre chère fée Clochette, rétorqua le garçon. Elle m'a écarté juste à temps du paquet piégé. Elle est intervenue au bon moment pour faire basculer Crochet dans la mer. Sans l'aide de Clochette, nous ne serions pas là, toi et moi, et le capitaine Crochet et ses hommes hanteraient encore le Pays Imaginaire !

— Clochette, tu as été fantastique. Nous te remercions pour tout ce que tu as fait. Nous te devons la vie ! dit Wendy.

— Diling ! diling ! diling ! fit la petite fée.

— Elle te demande de lui pardonner sa mauvaise conduite envers toi, traduisit Peter.

— Il y a longtemps que c'est fait ! répondit Wendy.

— Diling ! diling ! tinta la petite fée en embrassant Wendy et en lançant de la poussière dorée tout autour d'elle.

— Bon, tout le monde à son poste ! s'écria Peter.

— À vos ordres, capitaine ! répondirent les garçons.

— Larguez les amarres ! Levez l'ancre ! Hissez les voiles ! commanda Peter Pan.

— Pourriez-vous me dire, capitaine Pan, où nous allons ? demanda Wendy, tout émue.

— À Londres, mademoiselle ! Plus exactement : chez M. et Mme Darling. Est-ce la bonne direction ?

— Oh ! Peter, tu nous ramènes à la maison ! Comme tu es gentil ! Nous aurions aimé rester avec toi et ne jamais grandir, mais tu as raison, cela ne se peut pas !

— Il nous faut un peu de poussière d'atmosphère pour que le navire puisse s'envoler, déclara Peter qui tenait la barre. Clochette, nous avons besoin de ton aide encore une fois ! »

La petite fée battit vivement des ailes en voletant au-dessus du bateau. Lorsqu'il fut tout saupoudré d'or, le navire s'éleva au-dessus de l'eau et monta vers le ciel !

Il montait, il montait... tout doré.

Puis il survola le Pays Imaginaire pour que les enfants puissent le contempler une dernière fois.

« Adieu, belles sirènes ! murmura Wendy d'une petite voix triste. Nous ne nous reverrons plus jamais !

— Au revoir, village des Indiens et tous ses habitants, nous ne vous oublierons pas ! » dirent Jean et Michel.

Le navire prit de l'altitude. Bientôt, le Pays Imaginaire ne fut plus qu'un petit point dans l'immensité de l'espace. Wendy s'étonna de reconnaître déjà les lumières de Londres ! Depuis le nid-de-pie, Jean cria :

« Terre !

— Paré pour jeter l'ancre et débarquer nos passagers ? demanda Peter Pan qui était resté à la barre.

— Paré, capitaine ! »

Peter dirigea le navire vers la maison des Darling. Le vaisseau s'arrêta dans les airs, flottant juste à la hauteur de la chambre des enfants.

La bonne vieille Nana se réveilla et leur cria « bonsoir » à sa manière, heureuse de les voir revenir.

« Abaissez la passerelle, ordonna Peter. Préparez-vous à débarquer ! »

Wendy, Jean et Michel étaient déjà prêts à descendre.

« Alors ? demanda Wendy aux Garçons Perdus, vous ne venez pas avec nous à la maison ? »

Ils hésitèrent un moment, puis répondirent :

« Non, finalement, nous préférons rester avec Peter Pan.

— Bon, dit Wendy, comme vous voulez. Adieu, Peter, et merci ! Adieu, Clochette, adieu, les Garçons ! Nous ne vous oublierons jamais.

— Adieu à tous ! » crièrent Jean et Michel de leur chambre.

L'horloge sonnait minuit quand M. et Mme Darling rentrèrent de leur soirée. Voyant l'air triste de Nana, M. Darling accepta de la ramener dans la chambre d'enfants.

Ils ouvrirent doucement la porte et découvrirent Wendy, endormie sur une banquette, devant la fenêtre ouverte. Ses frères dormaient paisiblement dans leurs lits.

Ils s'approchèrent doucement de

leur fille et, attendris par le joli sourire qui éclairait son visage, la réveillèrent avec délicatesse.

Dès qu'elle ouvrit les yeux, Wendy s'écria :

« Peter Pan vient de nous ramener du Pays Imaginaire ! Maintenant je suis prête à grandir !

— Ma petite fille, tu as bien le temps d'y penser », répondit son père, de très bonne humeur.

Wendy était heureuse que les choses s'arrangent aussi bien. Soudain, elle s'exclama :

« Venez voir, dans le ciel ! »

Elle prit ses parents par la main et les entraîna vers la fenêtre.

Là-haut, devant la pleine lune, se profilait le bateau pirate dans son sillage de poudre d'étoiles.

« J'ai déjà vu ce bateau, dit

M. Darling, tout étonné. C'était il y a très longtemps, quand j'étais jeune...

— Moi aussi, dit Mme Darling, émerveillée, et je ne l'ai jamais oublié.

— Ouah ! » fit Nana, tandis que le bateau de Peter Pan disparaissait dans la nuit.

Table

Imprimé en France par ***Partenaires-Livres®***
n° dépôt légal : 39663 - octobre 2003
20.20.0749.04/0 ISBN : 2.01.200749.X
Loi n° 49-956 du 16 juillet 1949
sur les publications destinées à la jeunesse